漏れどき

坂本麦彦詩集

コールサック社

坂本麦彦 詩集

漏れどき

目次

Ⅰ　春

Ⅱ　夏

Ⅲ　秋

Ⅳ　冬

詩集

漏れどき

坂本麦彦

春

I

焚き火に誘ったが 去《い》ってしまった

ほつれ陽に もたつき
福寿の花ひしゃげたが
とろろ汁すすった朝は くしゃみまで
ななめにとろけて たるんだ
あるいは如月の
水音たぐって鳥居くぐれば
巫《かんなぎ》が
寒いでしょうから お入んなさいと婀娜《あだ》めいた
だから俺は小躍りし

手水《ちょうず》へと辷《すべ》る水平線 つまみ上げては
しき波を
焔と女陰のあわいに寄せてやったのだが
うつお木のなか
しどろに捩じれて艶々ひかり
木の下闇へ這い出し
割れはじめる妻は
今日
とても初々《ういうい》しいので
ゆで卵ひそませ 瑞垣《みずがき》めぐり
心太《ところてん》みたいな可笑しみの靄《もや》る入り江から
富士見の渡りへ
紙垂《しで》を千切って神様やめた男と
ながれてしまった

孫は今　冬か春か　夕方か夜かで悩む

梅くぐりする薄闇つまみ上げると
季節のほつれがはみ出し凍えていたので
誰かがひらいた
だからもの悲しさは　その
ぼんやり透けでる溝をすべって
窓隠れする仄暮れに　へばりつき
そのまま中へ入って膨らみかけたが
風呂場で待ってた夜に一枚いちまい剝がされ
トイレにながされた

けれど誰かが　こっそり
ずらしておいた　うら哀しさだけは風呂場の窓より
言われたとおり
夜のうしろにまわって仄暮れの梅へと紛れたから
月は　いま
割れる！　割れる！　と冴え冴えて
蕾のほころびを擦り抜け戻ってくる時間
あるいは去年の風先に包《くる》んでおいた温《ぬく》みなど
逆さ桶からすくって
明日のせせらぎへと浮かべはじめる朧な童《わらし》を
りっちゃんの眠路のはずれに　くっきり
照らす

節分の夜が深くなっていた

夢の浮橋より
あるともないとも言えぬ幽《かそけ》さが
フンコロガシに突き落とされると
ながれの澱みをたゆたう空華に隠れる細蟹《ささがに》は
糸を渡し
風音に絡めて
ふんらり へんらり
ぬめり男の憂き寝を翳したので
ひん曲がる

男の垂直二等分線は爛れ
腰折れしながら ゆがんで傾き
千切れかけては尻穴より禿頭《とくとう》みたいな命も
ずるりと
恥ずかしいほど
卑猥な肉叢《ししむら》となってはみ出しかけたが
ぬめり男は遥か
陰毛ざわめく三寸先に
赤鬼の
はらわた這わせて日がな一日ぬらぬら すりこみ
もぐりたがる生魑魅《いきすだま》
臍ちかくまで ずりあげたから
ヒイラギへ
イワシの眼玉が滲むとき

凍てつく夜の向こうに
春も
立たせた

僥倖に戸惑っていた

ふるくなったネコの
うたた寝を眠るゴキブリに注ぐ薄ら陽から
逃げ水みたいな朧《おぼろ》が少しこぼれ
インスタントラーメンの作りかたが
とつぜん
分からなくなってしまった人の足もと
すなすな浸すので
窓をあければ斜めに切れる青空へ
梅折りびとの翳す花びらは

嫋々《じょうじょう》と流れて そのまんま
ぐにゃぐにゃとした
網目に紛れ込むのだったが
このラーメンの人は春ゆえに
心しおれながらも花の儚さ忍びつ出てゆき
遅日の隈取りから瑞垣《みずがき》めぐると聞こえてきた
ポコッという音に足止めされたとき
ゆくりなくも出逢ってしまったたんころりんの
誘うがままに辿っていったのは
常世へとつづく
曲がりくねった無漏路《むろじ》

踏青してみた

この幽棲からこそりと出て
くすんだ刻《とき》を摘み歩き
さまよい
山桜の寂光の
逆光で並べかえれば
古びた記憶もきらりと光って粋
枝移りを終えた梅の木に
ウグイスかもしれないと足止まりしている暦びとの
「啼いているのに見えない春告げ鳥

うまく詠めなかったのよ今年も…」と
呟くような洩れ言 聞きながら
蕨《わらび》 薇《ぜんまい》という字がむずかしいように
それら見つけるのに難儀する
それは恥ずかしい見えざまだから
身をやつすと狐の嫁入り
江戸職人の傘がないので
ただただ そぼ濡れ立ち尽くし
蕨を跨いだ長靴に
踏まれたかもしれない薇 悼《いた》めば
渦輪のなかへ
さっと隠れた侏儒《しゅじゅ》の踵が
擦れた

どうやら知らぬ間に桜どきはながれ
卯の花垣を過ぎてしまったらしい
だからゲンゴロウの艶めきをくぐり
まだ往くな…と春を待たせる地霊は
河童の後ろ影を借りて
千切った空から小川の澱みに五月雨を降らせたが
波紋の揺らめきに
浮き影たちが廻りだしたとき
だれが生徒か先生か
水面《みなも》を覗いた河童のかみさんの皿から落ちた
葉桜 ひとひら
ふたひら
風にのっては ほのほの漂い
弧線のまわりを ぐるぐる巡り

早晨《そうしん》に
水向けする里びとから頂いたタケノコ
皮をむいて薄ら陽で覆うと
陰影はゆっくり漏れ出し よじれ
その脇を半世紀むかしの暮春の小風が
そよいでもつれて 叢雲《むらぐも》
また降りだしそうだったから
午後に
なにか古風なものをぶらさげて
雨模様へと旅に立つ

小糠雨
水門を背に里姿で濡れる

ながれ花を巻き寄せながら
ペットボトルのキャップが
二十一世紀の小宇宙をサーッと奔ってゆく
暮れてないのに蠢《うごめ》きも揺らめきもない
静寂《しじま》をひらいて
「おーいっ めだか いねぇか だめか?」と呼んでみても
太古より
メダカを追いこしたことのないカメだけが
だるそうに
蔀《しとみ》の細目からこっちを見ている

夢で朝女に囁いた

潮待ちする薄暗がりへ
うっかり
夜明けを入れてしまったひとは
毀れるまえに
むかし
海だった曲がりを折れて
浦島の
太郎がぶらつく裏通りに入ろう
むなしかったら下着も脱いで

またぐら ひらき
ほのめき残る水月を
綴じよう
その見え隠れから零れ
陰唇より降りそそぐ花びらに
まといつくけだるさ
それが今朝の もののあわれだから
手をかざすと
風が
たためば
雨だ

五月五日を俯瞰していた

そのまま橋へとつながる
滑り台のまんなかに煌めく一個の眼球
それは
通過するとき子どもたちを中空《なかぞら》へ舞い上げ
神隠しするため月読男《つくよみおとこ》が午前二時に
単眼の
牝猫から刳りぬきピン止めした恐ろしい目印だから
春の滑り台は怖すぎて動けず
早苗月《さなえづき》の男のこは

和紙みたいに揺らめき たゆたい
途方に暮れかけたが
日が先に
暮れだしたので慌てて空曇り包んで丸めると
川へ
もぐりたがる鯉のぼりの尾びれで弾かれ
飛ばされ
宙返りしながら降り立ったのは隠れ里の葉叢《はむら》
腹掛けを恥じる金太郎と
もう
稚児髷《ちごまげ》の結えない桃太郎が杵をつき湯をわかし
菖蒲葉ひたす桶より溢れる夕色《ゆういろ》のなか
雉みたいな鶉の産んだ卵が鶏卵ほどの大きさだったので
この奇瑞《きずい》に仰天した かつて

狸と呼ばれていた人は寿ぎの屁を放ち
たまたま
丹後から来た猿のような僧侶が三方《さんぼう》に
粽《ちまき》
柏餅そなえたとき
闇奥で　きらっ！と光ったのは
鉞《まさかり》…

II

夏

孫は今日　学校へ行かなかった

ランドセル揺すったら
昨日の帰り道に入ったのだろうか
なかからかつて
曲がり角で一度だけ鉢合わせしたことがある
そんなのっぺりとした哀しみが
雨ふりやむ今日の手前へはらりと落ちて
光に貫《ぬ》かれ
色変わりしながら海岸線になった
だからりっちゃんは虹型の時間をくぐって

朝

学校じゃなく海岸線まで
お絵描きしに下りていったが
水たまりの屈折あつめて砂嘴ふちどっても
赤手蟹は描線またいで はみ出てしまうし
スケッチ揺すって潮風かえせば
余白の浜から少女のような一寸法師が駆けだし
塗りかけの松林へ逃げようとするので
描きかけの この一枚は
黄昏て
　丘上の 棄てられそうな珍魚だけ仕入れてさばく
口元でしか笑わない照れ屋のオヤジと 儲けより
美味しい食べ方を教えたくて仕方のない いつも
哄笑ばかりしているオカミサンのいる 魚屋から

始まる商店街に灯る明かり あるいはその帯が丘
下の海原に反照して ほどかれていく遠方《おちかた》の縹渺《ひょうびょう》
より 切りとった
耀映《ようえい》へ浸して風を入れ
ベランダと
干潟の釣り合う位置まで きっちり
ながしてやる

ふと思い出していた

ひねられた
の
だろうか
昼下がりが少し歪んでいたから
雨戸の細目を漏れ出す淫猥は
日隠れする蔓棚に
ぼかして
やった

けれど土器《かわらけ》から瓢箪へ
ひと巡りしてきた縄文の風を
つらつら
カバのお尻みたいな顔して舐めてた父は
やっぱり
荊棘《おどろ》の門脇くぐりぬけ
母でない女を
濡らしに行ったので

その午後に太陽は
ぽつねんとして
しゃがんでいた

ダンゴムシになりかけていた

ぬたくれよじれ
ひかったのはミミズだった
丸まる自分をあわてて
丸める自分へ押し込んだ
だけど薄月の夜は
隔たりすべてが歪みやすく
ナメクジらしき朧影も接弦かわして
遠のくように近づいてきて怖かったから
這いのぼり

垂れ葉のうえから むこうの夜へ
コロリところがった
葉脈にそってコロリはコロコロになり
やがては葉風に押されて
コロコロコロとなって落ちかけたが
小夜風の
上風と下風の あわい
たたまれわすれた ひと筋につかまりながら
思った

もっている
ホタルよりは図太い
心………

風待月《かぜまちづき》に　しゃがんでいた

雨をほどくと
ひそむ小風が動いて指先を
ひとめぐりしながら腋の下へ抜ける
テナガエビはやみくもに脊髄つっつっつき
ミズカマキリはまぐわいやめて
軸索《じくさく》にしがみつく
それでも被膜すかして　ほとばしり
慈愛ふかき在所の堰は
残照にとろけて眩しすぎる

ふりむけば 暮色
家並の稜線から瑞々しさが湧いている
水くぐりのように たおやかに
ブランコの臀部をまたぎ
ジャングルジムの恥骨をこえ
金玉の付け根まで浸しはじめると
だれもが家路につき
公衆便所の裏でカタツムリおとこが
初老おんなを齧《かじ》り尽くす音
ひめやかに木霊《こだま》して 静寂

暮れきるまえの夕映えに
星糸かけてゆっくり引くと

もつれあう淫靡な影が　のおぅっと浮かびあがり
ねばついた双曲線が
たるむ

北枕で寝ている

茄子のお尻が割れる音は西に
蟻が支柱のぼる跫音《おと》は東へながれ
半夏生《はんげしょう》ゆれる南から朝の水泡《みなわ》が寄せている
はみ出た夢が濡れそうなので あわてて夏掛けに
くるまる

聞こえるはずのない音が
ざわめき ゆする奥座敷
誰の家だか分からないが寝かされ

襖の向こうで膨らむ水が
ぴちゃぴちゃ鳴っている
それはこのまま水に捲かれてお逝きなさい と
いうことなのだろうが たまらなく
うれしいから心は弾み
狂いはじめた蝸牛《かぎゅう》も内耳とびだし殻を脱ぎ
枕の翳りを這いずりまわり転げまわり

立小便の影が濃くなる季節

寝覚めから後ずさりすると
北のほうから聞こえてくる半音
夢ほぐれる朝へと辷《すべ》り 隠し部屋を浸しながら
それは いま

色即是空ではなく ささ波のような
いろはに
ほへと

七夕だったのかもしれない

瞼の籬《まがき》へ
もぐっては浮かびあがる
おびただしい甕や壺から漏れだす闇
その縁《ふち》に沿いながら
暖簾くぐりのように注ぎ込んでくる星々の波立ちに
ゆったりとした球体が漂い
織姫へと辷っていくのは彦星だから
笹の葉わがねて 幻月をめぐり
星合いの岸辺より獏の子どもを連れてくる

それから夢の樹へ結わえ
さっさと眠りにつく
　几巾《いかのぼり》きのふのそらの ありどころ（蕪村）

朝
獏の子を連れて
きのうの凧をさがしにいった
笹藪へ降りしきる霙《みぞれ》に紛れ
ざわめき出すのは星ながれの欠けら
風色まですっかり曖昧なので
矩形《くけい》を波線に引き
獏の子を入れてポンッと頭を叩くと
薄氷《うすらい》の岸辺が卵膜にくるまれ吐き出され

天穹へと上り 霙は
そのまま雪になってしまった

だからうつろ舟で渡り
薄氷の岸辺を見つけることが出来たとしても
なぜ七月七日の空に
きのうの凧がいたのかは分からないだろう
と
おもった

玉の緒に縋《すが》る人に添うひとがいた

夏の夜は　いささめに隠れても
雨あがれば三日月
かがんでないと見つかるから
今宵もそれをほどかない　この人を
そのひとが扇形へ誘い
豆乳そそいで片影の
両端つまんで中心角ひらいてやると
そこはたぶん楕円になり
この人が

膝をくずして撫でつけ揺すれば
それはきっと球体になるので
有明には　ふくよかな
枕返しが夢見を　ゆたにたゆたに揺らめきながら
もぉいいよ…と　ささめくはずだったが
目覚めたとき朝の結い目でアサガオが
縹《はなだ》の色にひらいていても
いなくても
この人がそれをほどくことは多分ないだろうと
そのひとは
おもっている

秋

III

帚木《ははきぎ》を見ていた

朝霧の引き寄せに
より遠くなる青空 その下で
作業着男が三人うごいている
一人はふやけたコマみたいにほわほわと
つまめば消えそうな中心で回り
のこりの二人は手をつなぎ
そのまわりをゆらゆら廻っている
けれど近くまで来ると一人しかいない
いちにちじゅう地面から

かすかに浮かんで まわりつづけ
夕闇が
首すじ撫でると まわることを終えるが
そのときはまた三人になっていて
それぞれの水筒に落日満たして家路を辿る

家では影身を怖がる娘と手をつなぎ
妻が
お父ちゃんがいない！ と呻く老母の
白昼夢に添い続けたままなので
三人とも ただいま言わずに中へ入るが…

流しの
薄闇ずらして弁当箱あければ ひからびた

シャケの皮もクスクス笑い出し
そのときはまた一人にもどっているから
まずは落日で割った焼酎を一杯
あおる

他人《ひと》の自己視幻覚《ドッペルゲンガー》を辿っていた

星座が終わりかけ
この日も
心おかしくなったその娘《こ》は明け方からの
雨音あつめて花瓶を割り
夢をこじあけ
テーブルひっくり返したから
星屑のうえ
花びらヤモリ 金魚たちが
からみあい もつれあい

ひと塊の
やるせなさとなって這いずりまわるが
ひょっとこづらの琵琶弾きの
べんべんブルース聴いてた母は
夢の追分け曲がって窓を開け
星屑ひとつ暁雨降りやむ空へもどすと
朝靄の踏切
女が渡ってゆくのを見たので
あわてて娘かかかえ
カメのごとく駆け下り
ヤドカリみたいに追いかけ
新聞配達追い抜き
わが身に躓いたとき
また降りだした驟雨

仕舞屋《しもたや》の裏手で女に追いついた母は
傘のなか
ここでやっと狂えます… と力いっぱい
娘抱きしめ 秘部さらしたまま
消えた

自閉の子が月に　こだわっている

月
なるほど　それが
まんまるじゃないのは
よくないことだし
昨夜《きのう》とおんなじじゃないというのも
あってはならないことだから
水盤へ
正円《せいえん》めぐらせ夜を満たし
抱えたまま

真木柱ぬけ
回廊たどり
星刻める位置で きらめく月を
割れないように浮かべてやるが
それでもまだ柱のなか
ひたすら額 打ちつけるのなら
それは
月の欠片《かけら》が遅れてまだ
頭蓋の夜を昇っているということだから
そのときは十六夜の
秋をささえる 階《きざはし》 へもたれ
築山の裾廻《すそみ》に入りきるまで
見ていてあげる

夜明けの晩を入れていた

まだ 陰毛がなかったころ
おしっこした帰りに
海月のぼる夜から廊下へ渡ると
闇の浦
柱時計がボーンと鳴った
薄濡れた余韻の奥まで ひたひた浸かっていく祖母の
海月はクラゲ さわっちゃだめ…と
ささやく声
袖ひかれたので鏡を見た
うしろに お化けが佇《た》ってて

すーっと抜けていく隙風
ふんわり押されて落ちかけた

＊

白みかける陰毛みつめながら 小便した帰り
目交《まなかい》に 汀の連音ひそませ
曲がり浦へと折れる
残月を積みはじめる軽トラック
鼓の打ち寄せに廊下が濡れはじめたとき
葦辺の穂波も泣きだしたので橋
越えたくなって鏡をみた
中はのったりと凪ぎ
ほのほの浮かぶ海市《かいし》の倒影

千切れ雲は扇にひろがり
風力タービンの羽へ　あのときのお化けがまだ
ぶらさがっている

阿呆陀羅経に縋《すが》るときもあった

ひさかたの月の
そらぞらしい見え隠れを終え
鈍色《にびいろ》の空より降りはじめた淫雨に濡れる手が
ぐぅ出してきたから
ぱぁ出したけど負けた
だから水陰《みかげ》の曲がりをまちがえ
たまゆらに
つかんだ澪標《みおつくし》も折れた
けれど蘆辺では

ぞろりとした
袈裟の裳裾つまんで つと伸ばし
〜じゃんけん ぼっくり下駄
日和《ひより》げたまごの おいしい鯰の
ケツの穴〜 と

玲瓏さえざえ唸る坊主の影が縒れているし
澱みでは木の魚《うお》が
底知れぬ秘密の路を髭で叩いて這いずりながら
くさくさしいケツの穴
やにわに浮かんでは西方浄土へ開いてくれているから
なるほど朝まで待てば
いやはてに
無何有《むかう》の郷も見え隠れするかもしれないが
それでもやっぱり雨だけは

夜の遠近ぼやかすように
霏々《ひひ》として
降りつづいているのです

鬱を揶揄したこともあった

悠久がすこしずれたとき
誰かが
うなだれている夕暮れちかくへ霧雨が
切り醒めるように降りだしたので
馬齢かさねて傘
寝かす男は妻と寄り添い
長雨《ながめ》睨むばかりじゃつまらなく
腹すかしていたから
眺めつづける馬鈴薯

宇宙に透かして九月の空へ鬱を打ち
静穏ゆすぶる清音さがしに出かけてみたが
木立を抜ける荻風は
小止みの雨に こきまぜられて しんなりと
差し陽へ止まるアキアカネ一匹
剝ぎ落したので
曼殊沙華
末枯《すが》れはじめる墓地への迂路は森《しん》として
寺でもらった肉の饅頭ひしゃげば
有漏《うろ》に乱れぬ憎々しい妻が
摘まむふりして逃がしたキリギリス
どもり戻って霧切りながら
つるばみ つるばみ と鳴き出した
だからクヌギの漏れ日に玉 抜いてやると

ドングリつるっと光って
下枝《しずえ》しずしず大地を辷る
折り鶴みたいな気流の歪みで
折れた

漏れどき

いまどき月待ちする霊屋《たまや》で
カゲロウおぶったナナフシ走らせ
露路の仲秋《あき》へと つんのめる人がいたなんて…
はかなさ消えたら いらしてください
いっしょに呑みましょう
それから石段おりて右手にツゲ櫛
左に煎餅つまむ辻占《つじうら》おんなの
ご託宣もらいに折れてゆく人も
凶でなかったら いらしてください

いっしょに呑みましょう

＊

いまでもくねる周縁《ぐるり》を
油揚げ被せたウシガエル引きずり
稲荷の祠へ詣でる人がいるなんて…
さらりと鳴いたら いらしてください
いっしょに呑みましょう
それから鳥居くぐると くすぶる狐火
祠で生きる傴僂《せむし》おんなの手燭《てしょく》ひきよせ
はさみ将棋に付きあう人も
二回勝ったら いらしてください
いっしょに呑みましょう

＊

にわか雨とおれば たちまちの闇

逢魔《おうま》がどきを行き交う まれびとは
誘いあわせて いらしてください
もののけたちの泥舟が
袖振草《そでふりぐさ》ゆれる波際はなれるとき
西向きの沈黙《しじま》に
うっとりするような望楼が浮かぶから
いらしてください
問わず語りで呑みましょう

うつけ者は愛おしい

そうでないくせに
うつけ者だと自惚れていたそいつは
方丈へと逸れ
街の穢れを輪結びしたので
もどり川わたれず異形となって
かりそめの黄泉路《よみじ》をのぼった
それからスモモを一個
霞の切れ間へ突き刺し耀《かがよ》わせたが
幸いにも　かがよいは

始発の遠音《とおね》が　ほどいてくれたし
スモモも細かく刻まれ
跨線橋をすべって　ざわめきへと流れてくれたから
その軌跡より瑞々しい
青葉の寄せてはかえす大根畑が
けざやかに浮かんだとき
薄靄から立ち現れたのは
優しくなるため生きてきた男
身を差し出したところで…とうそぶきながら
差し込む朝陽で象らせ
眼だけ残して柔らかいトラクターになると
腰から下が消えゆくひとたちを
荷台に乗せて　がたがた曳くので
畝の波間は沫緒《あわお》にからんで空《あだ》となり

うつろいの朧《おぼろ》で
揺れた

季節の風が吹き 五回秋が暮れ
下葉の色づく季節
かつてうつけ者と自惚れていたそいつは許され
今年も畑にいる
腰から下を失くしているので収穫は下手だが
それでも むなしいとき
トラクターの尻を抱けば元気が湧くと
ほのめきながら
見わたしながら
はるか
　紗幕に隠れる方丈は年ごとに

風のなか雨が降り
雨のあと 日は差して草ぼうぼう伸びているから
ひそむ鵺《ぬえ》が夕鳴きしたり
星月ゆきかう夜に のっぺらぼうが
猫おんなの湿った花弁を舐めにくる

と

語る

神がいない月に祈る人がいる

十月おわり
うつろいまどう花の陰画に入れば
取り巻かれてあっけなく
首から上も落ちるから
そのころがりにしゃがみ込み
後ろへずれて風つまむ
降りだしたのは時雨
そのとき軽やかに
下りてくるのは濡れ男で

眼をさがし
首から上を股のあたりへ引き寄せ
撫でながら
股間《またま》の右と
左をゆきかう陰嚢《ふぐり》の心は ひとりぼっちで
さぞかし秋暮れに
淋しいことだろう…と
思いやる
それから秋桜《コスモス》
あるいは紅葉《もみじ》へと逸れる飛花落葉など
手さぐりして容れるにしても
こぼすにしても
あすは いい天気に
青空に…と
祈る

深い秋がここまで来てしまった

水の秋へと落ちかけて
忘れ傘が空と
もはや空とは呼べない風隠れのあわいを
四苦八苦しながら漂うその下へ
つづらに折れてほつほつと
八重の葎《むぐら》に踏み入るが
竜田姫の単衣《ひとえ》は三叉路に
脱ぎ捨てられたままなので
くぐもり捩《よじ》れる心の軋みや

ワラジムシが石を這い出す擦れ音に
ふりさけ見れば
雲居へ掛かる傘地より そぞろの雨
さんざめく
哀しみたっぷり含んで
あたりいちめん濃紫に掻き暗す

泣いたらいいじゃねぇか…

うそさびしさからの戻り道
ひた濡れながら
暗がりへ スーッと飛びたったのは
あの
お道化虫

思い出が尻の穴に残っていた

風が曲がると日暮れる煙草屋
永遠に煙草しか売らない煙草屋まで
百円玉にぎり
ハイライト買いに行かされた帰り道
行き止まりで揺れる誰も漕がないブランコが
どうしてこんなに心をかなしくさせ
尻の穴をキュッと絞めつけるのかが分からず
ひとさらいに見られているみたいで振り向けば
そこは更地となって秋

骨組ばかりの幽暗にしゃがみ
仲むつまじく老いた夫婦霊《めおとれい》がふたり
おぼろな草むらへと糸をたれる
ひざから下を風色に染めながら
残照あるいは夕映えのような虚ろな魚を釣りあげ
バケツが一杯になると そよぎはじめる草むら
泳ぎを止めた魚たちは秋の重みで撓んだ風先に
かじってほぐした金木犀の香を編みこむ

＊

揺らめきかえす時間の縒れを出て
ふたたび
ブランコめざして泳ぎだす魚たち
その遊泳に添って逝く秋を追い越し
また来る冬へと入っていく夢人

哀しいときの縋《すが》りものを三つアクリルの箱にしまい
蝙蝠傘にかくれる姿で
ポチの卒塔婆ちかくに埋めたが
黄昏に束ねられ
崩れ家《や》の漏れ灯《び》に巻きつきながら
吹き降りてくる木枯しの奥は
去年とおんなじ男と女が あのときと
一言一句変わらぬ睦言《むつごと》かわす後ろ姿

＊

夢人は
夜のとばりをめくって
朽ち果てたり死んだものたちの匂いが
どこからも立ちこめてないことを確かめ
いまいちど

逝く秋へと帰っていく
草蔭に
ほのかな虫が　おぼめき鳴くから
闇間が少し
ずれる

IV

冬

冬 短日の外に出ていた

すでにじゅうぶん阿呆ですからと
差し寄りながら突き出た地軸に
抱きつく巨蟹を叩けば落ちて
物干しの端に朝が
ほんのり残る午後へところがった
小便しながら屁もしたらしく
柿の枝間に虹が架かり
霜月をかぶせるように
ゆらした

だから もう蟹は
カニじゃなくたって いいような気がして
甲羅の裂け目を飛びだし
かたむく日脚にすべって ころんだが
それでも人びとは誰ひとり嘲笑《わら》わず
裂けた甲羅に柿の艶めき満たして
なよやかに
それらの重みをずらしたので
カニはすっかり柿へと移ろい
季節の外まで しな垂れ尽きたとき
きょとんとしたのがツグミで
柿の葉風に ざわめきだしたのは
裏庭

今日は 昨日そして明日だった

砂糖と塩とが入り混ざったような そんな
ひねこびた隙風が
だらしなく吹き抜けたという理由だけで
ぼってり しまりなく
ゆるんでしまった朝なら なおさらに
時代と景色が ちぐはぐな
坂道走る！ と決めていた自転車は
今日
うりざね顔した おぼこ娘に

昨日の小春日和を漕がれることになったから
痩せ法師が榊でサドルを浄め
猿楽小僧がハンドルの涯でトンボを切り
浦島太郎の弟が手折った和竿の先っぽを
輻射《ふくしゅ》の曼陀羅へ射るやいなや
玉手箱 うち投げ走りだし
望月の静夜にカッパがツチノコを
水面《みなも》の光暈《こううん》へねじこんだ踊り川は きらめき ささめき
右を覗けば綿津見に
玉藻刈る妹《いも》らの乳房が ちろちろと揺れ
左を仰げば崖路の陵《みささぎ》で ヤマイヌと嫁ぐ杣人《そまびと》も
なんとか ぼんやり見えたのだが
それでも日和になごんで走りきった自転車を
岬の駐輪場に立てかけたとき

おぼこ娘は
北かぜ強まる明朝《あした》のまんなかに
倒れることになっていた自転車が今日の隅っこへ
倒れていくのを今日の位置から見てしまったので
泣きだすまえに いきなり
霰《あられ》 降る常闇《とこやみ》へと
引きこまれた

冬つごもりに酩酊していた

寒い店ふかくにしょんぼりと
いじけていたうどんが一本
ぬたりぬたりと這いずりついてきた
立ち止まって振りむけば
飛びかかられ鼻腔の雪折れ
くねくね昇ってくるから
風の緒に陰嚢《ふぐり》を結んでぐいぐい
振りむけぬよう引っぱってもらった
ときおり凍える鬢目《ひだめ》がまといつき

おもいだしたくない思い出に落ちそうになったり
その軒下で小馬鹿にしながら
あっかんべぇしていたあの児らに足首つかまれ
地獄草紙へと引き込まれかけたが
かぼそい冬にしがみつき
どうにか家路を辿った

うつろ織りをまたぎ 迷い星の二階へあがる
かみさんはヤツメウナギ
娘はシマドジョウ
いつもどおりの寝姿で
ぬるぬる安心しきって眠っている
隠れそこねた三日月も
やわやわ細く照らしている

あけの明星を削いで二人を
冬奥の二階で辱めようとしたやつ
そいつは かみさんが
艶ごとするたび丸めて捏《こ》ねた鼻糞に つまずき
きざはしから かわたれの
かたわらへと つんのめった

猫の声に泣けた

一隅だけ照らされ
そのまわりを眠るものたち
炬燵のうえ 雪しんしんと降り
凍え艶めくアイナメの煮つけ
残った眼がひとつ
まだ見つめているので尻から入り
ビールや透かしもの その隔たりに迷う
薄すぎて
吹雪けば はらりとめくれる夜

ずらし忘れた塗盆ですべり
爪立て踏ん張る
もう帰りたいからと
篠笹ざわめく絵皿の藪の
出口さがして かぼそく鳴くと
闇の端を尻尾がかすめ
やにわに照りかえす一個の蜜柑
百鬼たちは目覚め
囲み
かごめかごめをまわりだす
なかの一人が髭にさわると慄きもぐるが
炬燵のなかも雪
まだえんえん降り積もってるから
また
泣く

氷柱《つらら》を想った

背負子《しょいこ》に
秘薬かくして渡りびとが この土地を
うつむき歩いていた世紀
年々《としどし》の冬は単音でも
朝
祖母が手折った麗しい氷柱を
母が砕いて屏風越しの静謐に据えると
父の陰茎は四畳半から にょっと伸び
かならず それを

なまぬるい滴りで溶かしてくれたので
わたしたちはこの
あまりにも生真面目な飄逸《ひょういつ》に御灯明《みあかし》をあげ
頌歌をうたい
涙しながら哄笑したものだったが
あれから物陰の崩れに
仄陽《そくよう》満たして並べ置いた桶や甕
あるいは
そのあいだを隠れ道にしていた水神様たちも
みんな姿を消したので
むかし
駄菓子の田中屋があった路地裏に軽自動車を止め
ばかでかいカバンを下げたネクタイ男が
陋狭《ろうきょう》の玄関先に

置き薬を覗きに来るようになってからは
冬に氷柱の ついぞ垂れることはなく
心を漉くのが億劫なのか
あの日以来 四畳半に棲みついたお化けに
よく おやすみになれまして…と訊く
妻の声 娘の声がどこからも
聞こえてこない うそ寒く
無常へとしな垂れかかる音無しの
朝

解説・あとがき

解説　現世《うつしよ》と常世《とこよ》を往還する人
――坂本麦彦詩集『漏れどき』に寄せて

鈴木　比佐雄

1

坂本麦彦氏が第一詩集『漏れどき』を刊行した。私が坂本氏について知っていることは、千葉県木更津市に生まれ育ち、同志社大学で哲学を学び、卒業後には介護現場の仕事を長年務めていたが、この世に存在することの意味に思い悩み、仕事を辞して、自分が本来的にやりたかった詩作を開始し、今回の『漏れどき』を書き上げたということだけだ。この詩集は坂本氏にとって自らの存在の危機を脱していくために、内面の深層を辿りそれを表現する切実な行為であったに違いない。

詩集『漏れどき』は三十篇が春夏秋冬のⅣ章に分かれている。これらの三十篇の詩は、此岸である現世《うつしよ》から彼岸である常世《とこよ》の世界にいつの間にか入り込んでいく不可思議な言語体験であり、多彩なイメージの相乗効果によって坂本氏の深層世界が暗示されていると思われる。

Ⅰ章の冒頭の詩「焚き火に誘ったが　去《い》ってしまった」を引用してみる。

ほつれ陽に もたつき／福寿の花ひしゃげたが／とろろ汁すすった朝は くしゃみまで／ななめにとろけて たるんだ／あるいは如月の／水音たぐって鳥居くぐれば／巫《かんなぎ》が／寒いでしょうから お入んなさいと婀娜《あだ》めいた／だから俺は小躍りし／手水《ちょうず》へと辷《すべ》る水平線 つまみ上げては／しき波を／焰と女陰のあわいに寄せてやったのだが／うつお木のなか／しどろに捩じれて艶々ひかり／木の下闇へ這い出し／割れはじめる妻は／今日／とても初々《ういうい》しいので／ゆで卵ひそませ 瑞垣《みずがき》めぐり／心太《ところてん》みたいな可笑しみの靄《もや》る入り江から／富士見の渡りへ／紙垂《しで》を千切って神様やめた男と／ながれてしまった

まずこの詩「焚き火に誘ったが　去《い》ってしまった」はとても不可思議タイトルだ。誰が焚き火に誘い、誰が去っていったのか。首を傾げながらその謎を秘めたタイトルを詩の一行として読み始める。冒頭の春先の二月の光を「ほつれ陽に もたつき」と表現していることは、太陽光が春の陽光になる直前の、どこかもたついているような薄い光を表現している。この「ほつれ陽に　もたつき」という一行で読者を妖しげな日常を超えた世界に引き込んでいく。正月の「福寿の花」も萎びてぺしゃんこになり、新年の新鮮さがなくなり、朝ご飯を食べながらくしゃみをして、どこかたるみ始め脱力感が満ちてくる。すると二月の水音に惹かれて神社の鳥居をくぐると、神の使いの巫女が焚き火をしていて、色っぽく手招きをしている。

ここで巫女が「焚き火に誘った」ことがようやく分かる。すると「俺は小躍りし」て、手を清めようとして手水鉢から柄杓で水を汲み上げようとすると、水面に「しき波」が立って、「俺」は焚き火の焔と巫女の女陰にまで清めの水を撒いてしまった。するとその脇に立っている「うつお木」の中にもその水は辷り込んで艶っぽく光っている。さらにその「木の下闇へ這い出し」て、瑞々しさを失いひび割れ始めた妻が、その「しわ波」の水を浴びるために這い出してくる。その結果として今日の妻はとても初々しく若返ったようで、神の住まう聖域を囲う「瑞垣」を「ゆで卵」を忍ばせて巡るほど元気になる。また心太《ところてん》のような美味しそうな色をした霧が靄っている入り江から呼ばれて、「神様をやめた男」である俺は若々しくなった妻と一緒に、その焚き火の聖域から離れて旅立って行くのだ。以上のような坂本氏の詩の出発地点を感じたままに私は解釈してみた。この詩は読み手によって神話的にも官能的にも超現実的にも様々な多義的な読解が可能な魅惑的な詩的なテキストになっている。きっと坂本氏は、存在の揺らぎの中で此岸の現世の時空間のほころびから、彼岸の常世を朧に見詰めることによって「漏れどき」になる時空間を発見してしまったのかも知れない。そんな本当に自分が感じて書きたい「漏れどき」の詩的世界だけを言葉にしたかったと思われる。

2

Ⅰの「春」では、次の各篇ではそんな俺の秘密の時空間が展開されてくる。

「孫は今冬か春か夕方か夜かで悩む」では、「梅くぐりする薄闇つまみ上げると／季節のほつれがはみ出し凍えていた」と「梅のほころび」と月を孫と一緒に見上げるのだ。

「節分の夜が深くなっていた」では、「夢の浮橋より／あるともないとも言えぬ幽さ《かそけ》」によって、フンコロガシも卑猥な肉叢《ししむら》の生魑魅《すだま》やイワシの眼玉などが生き生きと立ち現れてくる。

「僥倖に戸惑っていた」では、「インスタントラーメンの作りかたが／とつぜん／分からなくなってしまった人の足もと」から、「常世へとつづく／曲がりくねった無漏路《むろじ》」という煩悩のない世界を覗いてしまい、それを「僥倖」だと感じ始める。

「踏青してみた」では、「山桜の寂光の／逆光で並べかえれば／古びた記憶もきらりと光って粋」と、ウグイスの声に誘われて、蕨薇《わらびぜんまい》を求めて里山を歩いていると、侏儒の踵、ゲンゴロウの艶めき、河童、めだか、だるそうなカメなどに遭遇していく。

「夢で朝女に囁いた」では、「むかし／海だった曲がりを折れて／浦島の／太郎がぶらつく裏通りに入ろう」と、女との交情の「もののあわれ」であり「まといつくけだるさ」とも告げている。

「五月五日を俯瞰していた」では、「滑り台のまんなかに煌めく一個の眼球／それは／通過するとき子どもたちを中空《なかぞら》へ舞い上げ／神隠しするため月読男《つくよみおとこ》が午前二時に／単眼の／牝猫から刳りぬきピン止めした恐ろしい目印」が男児を見ていて、そんな金太郎や桃太郎のような男児の成長を見守る月読男の眼差しには、「闇奥できらっ！と光った」鉞《まさかり》もまた感じられる。

このように坂本氏は身近な場所から異次元の入り口を見いだして、想像力で古風な言葉に新たな息吹を吹き込んでいく。そんな様々な存在が重層的に動き始め、五感と霊感を駆使した力動的な言葉遣いと、それを積み重ねて三十篇にしてしまう文体の魅力が坂本氏の特徴だろう。

3

Ⅱの「夏」では、現世《うつしよ》の哀しみを抱えながらも夏風の吹く海岸線や夏の夜風にどこか癒されて再生していく微かな希望が感じられる。

「孫は今日学校へ行かなかった」では、「余白の浜から少女のような一寸法師が駆けだし」てくる。

「ふと思い出していた」では、不倫をした父を想起して「その午後に太陽は／／ぽつねんとして／しゃがんでいた」のだ。

「ダンゴムシになりかけていた」では、「薄月の夜は／隔たりすべてが歪みやすく／ナメクジらしき朧影も接弦かわして／遠のくように近づいてきて怖かったから」と、自分が本当に「ダンゴムシになりかけていた」ことを明かしている。

「風待月に しゃがんでいた」では、「公衆便所の裏でカタツムリおとこが／初老おんなを齧り尽くす音／ひめやかに木霊して 静寂」というように小動物と人間の性愛を重ね合わせたような醜悪なイメージが、高貴な月影に見つめられている。

「北枕で寝ている」では、「寝覚めから後ずさりすると／北のほうから聞こえてくる半音／夢ほぐれる朝へと辿《すべ》り 隠し部屋を浸しながら／それは いま／色即是空ではなく ささ波のような／いろはに／ほへと」といい、死の世界から呼ばれた時に、言葉の力が希望のようによみがえってきたのではないだろうか。

「七夕だったのかもしれない」では、「笹の葉わがねて 幻月をめぐり ／星合いの岸辺より獏の子どもを連れてくる／それから夢の樹へ結わえ／さっさと眠りにつく」という、織姫と彦星の子どもを「獏の子ども」として「夢の樹」で遊ばせて眠りにつくのだ。

「玉の緒に縋る人に添うひとがいた」では、「有明には ふくよかな／枕返しが夢見を ゆたにたゆたに揺らめきながら／もぉいいよ…と ささめくはずだったが」と「玉の緒」という命を夫婦や恋人たちが共有できるかと問うているように思われる。

Ⅲの「秋」では、「帚木《ははきぎ》を見ていた」、「他人《ひと》の自己視幻覚《ドッペルゲンガー》を辿っていた」、「自閉の子が月にこだわっている」、「夜明けの晩を入れていた」、「阿呆陀羅経に縋《すが》るときもあった」、「鬱を揶揄したこともあった」、「漏れどき」、「うつけ者は愛おしい」、「神がいない月に祈る人がいる」、「深い秋がここまで来てしまった」、「思い出が尻の穴に残っていた」などの十一篇が収録されていて、秋の季節感を背景にして、生きることの意味を喪失した後も、絶望することなく、さらに細部の中に新たな意味を見いだしていく詩篇と言えるだろう。

Ⅳの「冬」では、「冬短日の外に出ていた」、「今日は 昨日そして明日だった」、冬つごもりに酩酊していた」、「猫の声に泣けた」、「氷柱《つらら》を想った」などの五篇から成り立ち、「冬つごもり」の中で「無常へとしな垂れかかる音無しの／朝」に耐え忍んでいて、自らのイメージを記すことだけに徹していることが分かる。

坂本氏の詩的言語は、このような日常という現世の傍らに異次元の常世の世界を垣間見て、そのあわいを往還していく独自のイメージを三十篇で展開している。最後に詩「漏れどき」を引用したい。「いらしてください／問わず語りで呑みましょう」と語る坂本氏は「玉の緒」(命)を肯定する詩的精神をこの詩集『漏れどき』に貫こうとして、多彩な比喩に満ちた言語世界を創り上げた。そんな内面の深層の現実を深く抉った詩集を多くの人びとに読んでもらいたいと願っている。

漏れどき

いまどき月待ちする霊屋《たまや》で
カゲロウおぶったナナフシ走らせ
露路の仲秋《あき》へとつんのめる人がいたなんて…
はかなさ消えたら いらしてください
いっしょに呑みましょう
それから石段おりて右手にツゲ櫛
左に煎餅つまむ辻占《つじうら》おんなの
ご託宣もらいに折れてゆく人も
凶でなかったら いらしてください
いっしょに呑みましょう

*

いまでもくねる周縁《ぐるり》を
油揚げ被せたウシガエル引きずり

稲荷の祠へ詣でる人がいるなんて…
さらりと鳴いたら いらしてください
いっしょに呑みましょう
それから鳥居くぐるとくすぶる狐火
祠で生きる傴僂《せむし》おんなの手燭《てしょく》ひきよせ
はさみ将棋に付きあう人も
二回勝ったら いらしてください
いっしょに呑みましょう

＊

にわか雨とおれば たちまちの闇
逢魔《おうま》がどきを行き交うまれびとは
誘いあわせて いらしてください
もののけたちの泥舟が
袖振草《そでふりぐさ》ゆれる波際はなれるとき
西向きの沈黙《しじま》に

うっとりするような望楼が浮かぶから
いらしてください
問わず語りで呑みましょう

あとがき

馬齢かさねて六十歳（還暦）にして初めて詩集を出すなどというのは、奇行を越えて暴挙と呼ぶに相応しい行為なのではないでしょうか。詩集とは青春の文学だ、という先入観が心の隅にある私にとってこの行為は正直、そう思えて当然なのですし又それ以上に、とてつもなく恥ずかしい振る舞いであるとも言えます。しかし上梓してしまえば言葉は私から離れて何処かを勝手にふわふわ浮遊していくのでしょうし、この歳になってどうしても詩という形式で残しておきたかった何かが私の中にあったことは事実なのですから、仕方ありません。あとは野となれ山となれ…言葉たちよバイバイ元気で…といったところです。

最後に今回の初上梓に際しアドバイス、解説文の執筆等々、多大なるご尽力をいただきましたコールサック社の鈴木比佐雄様ならびにスタッフの皆さま方、またイメージ通りの味わいある装丁を工夫して下さった松本奈央様、加えて詩作に当たって手厳しい進言、批評を寄せてくれた大学時代の朋輩鈴木太一氏に厚く御礼申し上げます。

二〇二〇年十月

坂本　麦彦

著者略歴

坂本麦彦（さかもと　むぎひこ）

1960年　千葉県木更津市に生まれる
1984年　同志社大学文学部哲学科卒業
その後、会社勤務等を経て、知的障碍者支援施設、自閉症児者支援施設等に約30年勤務。

現住所　〒292-0055　千葉県木更津市朝日2-7-13

石炭袋

坂本麦彦 詩集『漏れどき』

2020年12月10日初版発行
著者　坂本　麦彦
編集・発行者　鈴木比佐雄
発行所　株式会社 コールサック社
〒173-0004　東京都板橋区板橋2-63-4-209
電話 03-5944-3258　FAX 03-5944-3238
suzuki@coal-sack.com　http://www.coal-sack.com
郵便振替　00180-4-741802
印刷管理　（株）コールサック社　制作部

装幀　松本菜央

落丁本・乱丁本はお取り替えいたします。
ISBN978-4-86435-465-3　C1092　¥1500E